泰戈尔英文诗集全译

采果集
渡口集

【印度】泰戈尔 著
李家真 译

中华书局

真性情固然是第一等诗人必有的素质，但若以阅世浅为前提，却不是十分令人信服。王先生这番议论之后没几年，我乡人兼同宗李宗吾先生又说，所谓赤子之心，便是小儿生来就有的抢夺糕饼之厚黑天性；保有这点"赤子之心"，便可以抢夺财富权力，甚至可以窃国盗天下。李先生所说本为滑稽讽世，而今日世界竞争惨烈，照字面搬用先生教诲的人好像不在少数。这样的"赤子之心"不能让人爱悦欢喜，反而容易使人惊恐畏惧，似乎并不太妙。

小时候捧读泰翁的诗，滋味十分美好，十分清新。本了不求甚解的古人遗意，那时便只管一味喜欢，从不曾探究原因何在。现在有幸来译他的诗，不得不仔仔细细咀嚼词句，吟咏回味之下，不能不五体投地，衷心赞叹这位真正不失赤子之心的诗人。

泰翁与王李二先生大抵同时，生逢乱世，得享遐龄，而且积极投身社会活动，可以说阅世很深。但是，他的诗里不仅有高超的智慧与深邃的哲思，更始终有孩童般的纯粹与透明。一花一木，一草一尘，在他笔下无不是美丽的辞章与活泼的思想，"仿佛对着造物者的眼睛"（《采果集》二一）。因了他的诗歌，平凡的生活显得鲜明澄澈，处处都是美景，让人觉得禅门中人说的"行住坐卧皆是禅"并非妄语。深沉无做作，浅白无粗鄙，清新无雕饰，哀悯无骄矜，泰翁之诗，可说是伟大人格与赤子之心的完美诠释。

以真正的赤子之心体察世界，时时可有风生水涌一般的惊异和欢喜。印度哲学家拉达克里希南（Sarvepalli Radhakrishnan，1888—1975）在《泰戈尔的哲学》（*The Philosophy of Rabindranath Tagore*，1918）当中写道："（包括诗歌在内的）艺术产生于忘我的喜悦，因此可以娱悦心灵，或者说创造欢乐，可以帮助灵魂跃出枷锁，与自身及外部世界达致和谐。"泰翁之诗，便是忘我喜悦生发的伟大艺术，好比一道道清泉，流过尘土飞扬的世路，滋润干渴枯焦的心灵，又好比一缕缕清风，吹去凡俗妄念的烟岚，让世界显露美好的本色。

　　只可惜对于我们来说，泰翁诗中的世界，委实是一个业已失落的世界。身处焦躁奔忙的现代社会，低头不见草木，举目不见繁星，佳山胜水尽毁于水泥丛莽，田园牧歌尽没于机器轰鸣。作为整体的人类，不仅已经自我放逐于伊甸园之外，更似乎永远失去了曾有的赤子之心。这样的我们，怎能不迷惑怅惘，茫茫如长夜难明，怎能不心烦意乱，惶惶如大厦将倾？

　　惟其如此，我们更要读泰翁的诗，借他的诗养育心中或有的一线天真。读他的诗，我们或许依然可以逃开玻璃幕墙与七色霓虹映现的幻影，从露水与微尘里窥见天堂的美景；读他的诗，我们或许依然可以从喷气飞机与互联网络的匆匆忙乱之中，觅得一点生命的淡定与永恒。

　　这个集子囊括了泰翁生前出版的全部九本英文诗集。大体说来，《献歌集》(*Gitanjali*, 1912) 是敬献神明的香花佳果，《园丁集》(*The Gardener*, 1913) 则如泰翁短序所说，是"爱与生命的诗歌"；《新月集》(*The Crescent Moon*, 1913) 是对纯真孩提的礼赞，

《采果集》(*Fruit-Gathering*，1916）主题与《献歌集》约略相似，笔调则较为轻快；《彤管集》(*Lover's Gift*，1918）讴歌爱情不朽，《渡口集》(*Crossing*，1918）冥思彼岸永恒；《游女集》(*The Fugitive*，1921）题材形式最为多样，醇美亦一如他集，至于《游鸟集》(*Stray Birds*，1916）和《流萤集》(*Fireflies*，1928），则都是有似箴言的隽永小诗。

实在说来，我以为泰翁的诗章只有一个主题，那便是大写的"爱"——爱自己，爱他人，爱万物，爱自己与万物共处的这个泱泱世界。就连泰翁笔下的神明，也从不显得孤高绝俗，仅仅是一颗时或忐忑的炽烈心灵，热爱凡人，也渴望凡人的爱。

真正的诗歌，岂不都是以"爱"为永恒的主题？大程夫子的"万物静观皆自得，四时佳兴与人同"，与泰翁的"岸边搁浅的我，才听见万物的深沉乐音，才看见天空向我袒露，它繁星点点的心"（《彤管集》三八），吟咏的岂不是同一种爱？泰翁竭力践行这样的爱，不辞山长水远，"最迢遥的路线，才通向离自己最近的地点；最繁复的习练，才使曲调臻于极致的简单"(《献歌集》一二）；竭力以自己的存在，使世界变得更加可爱，"我写下的诗篇，已经使他们的花朵分外娇艳，我对这世界的爱，已经使他们对世界爱意更添"(《游女集》卷三，三二）。

泰翁的诗歌，对我国读者来说格外迷人，是因为我们浸润着"天人合一""民胞物与"的传统，格外容易与诗中妙谛产生默契。这不是泛神的迷信，而是深沉的爱与慰藉。昔人说"我见青山多妩媚，料青山见我应如是"，今日的青山，依然予我们脉脉的关怀，是我们，自弃于青山之外。

泰翁的诗歌带有浓重的理想主义色彩，极个别语句仿佛有说教的气息，然而在我看来，这并不能算是泰翁诗歌的瑕疵。泰翁曾在演讲及随笔集《创造的和谐》(Creative Unity，1922）当中写道："人不是偶然游荡在世界宫殿门前的区区看客，而是应邀赴宴的嘉宾，只有在人到场列席之后，宫殿里的盛宴才能获得它唯一的意义。"泰翁对人性寄予甚高的期许，因为他相信人是造物主的巅峰杰作。无论这是否事实，生而为人的我们，确实应当对自己有更高的期许，即便我们并不是尘世冠冕上的明珠，还是不妨对自己多加琢磨，使自己的生命，放射尽可能璀璨的光华。

　　这是人存在的意义，也是人存在的责任。

　　是为序。

二〇〇九年九月十一日初稿

二〇一八年五月七日增订

目　录

采果集

*

据麦克米伦出版公司一九一六年版
译出

离去之前，愿我能曼声吟哦最后的诗篇，把它的曲子谱完，愿灯火燃亮，好让我看见你的容颜，愿花环织就，好让我为你加冕。

一

　　吩咐我吧，我会采下自己的果实，一筐筐送进你的院庭，哪怕有一些果实已然失落，有一些尚未长成。

　　因为季节丰盈，果实沉沉，树荫里悠悠响起，牧人的哀婉笛声。

　　吩咐我吧，我会在河上扬起风帆。

　　三月的风儿撩乱不安，撩得慵懒的水波，轻声呢喃。

　　果园已献出所有的果实[1]；困乏无聊的黄昏里，

─────────────

[1]《采果集》首次出版于1916年；三月是印度收获季节最末的一个月。——译者注，以下同

我听见远方的呼唤，呼唤声来自你的屋宇，来自斜晖脉脉的彼岸。

二

我青春的生命，宛如鲜花怒绽。当春天的微风登门求恳，她会翻开自己的繁盛花瓣，随意抛下一片两片，浑不觉花容清减。

如今到了青春的终点，我的生命宛如一枚果实，再没有余物可以虚掷，只待将满怀的甘美，一举奉献。

三

难道说，夏日的节庆只属于初放的鲜花，容不下枯叶凋红？

难道说大海的歌声，只合于涨潮的曲风？

落潮岂不也有，与大海合唱的殊荣？

宝石有幸织进，我王脚下的罽茵，许多土块却还在，耐心等待祂双足的触碰。

为我主侍坐的智者贤人寥寥无几，我主却将愚者拥入怀中，让我做祂永远的仆从。

四

我醒来的时候，他的信与晨曦一道来临。

我不识字，无从知晓信中音讯。

由得聪明人跟书做伴吧，我不会去麻烦他。谁也说不准，他能否读懂我收来的信。

我会把信举到额头，贴上胸口。

夜晚渐渐沉寂，星光次第亮起，我会把信摊在膝头，默默等候。

沙沙的树叶，会为我大声朗诵；潺潺的溪水，会为我款款吟咏；天上那七颗聪明的星星，也会把信唱给我听。

我有所求却无所获，有所学亦无所知。这一封未读的信札，却减轻我的负荷，将我的思绪敷衍成歌。

五

从前我看不懂你留下的记认，一捧尘土也能将它遮掩。

如今我智慧增添，便穿透所有障眼之物，看见它的真颜。

花儿将你的记认，画进片片花瓣；水波让你的记认，在浮沤里乍隐乍现；群山将你的记认，高高地擎上峰巅。

从前我对你掉头不理，所以才错解你的徽记，全不知其中意义。

六

广陌通衢筑成之处，我迷失我的道路。

浩波千顷，碧空万里，都不见道路的痕迹。

鸟儿的翅膀，闪耀的星光，还有变换四时的花朵，将道路重重掩藏。

我问自己的心：你的血液里，可会有辨识无形道路的眼力？

七

唉，我不能再在屋里安居，家乡不再是我的家乡，因为我听见永恒异客的呼唤，他已经走在路上。

他的足音敲打我的胸膛，令我苦痛难当！

风声瑟瑟，大海低声呜咽。

我放下所有牵绊与迷惘，去追随无家的潮浪，因为那异客呼唤着我，他已经走在路上。

八

准备启程吧，我的心！让那些走不了的人，顾自逡巡。

因为清晨的天空里传来呼唤，呼唤着你的姓名。

谁也别等！

花蕾要的是黑夜和露水，盛开的花朵，却渴望阳光里的自由。

我的心啊，冲破你的茧壳，勇往直前吧！

九

盘桓在自己积聚的宝货之间，我觉得自己有如虫豸，在黑暗里苟安，以孳生自己的果实为食。

我走出这座腐朽的牢狱。

我不愿流连于霉变的静止，因为我企求永恒的青春；所有那些既非我生命本真、又不似我笑声般轻盈的东西，都被我一把抛去。

我奔跑着穿过光阴。我的心啊，欢舞在你的轩车之上，是那个且行且歌的诗人。

一〇

你牵住我的手，引我到你的身侧，让我在众目睽睽之下，坐上那高高的宝座。我终于变得诚惶诚恐，动弹不得，无法再走自己的路；每一步，我心里都充满矛盾与犹疑，唯恐踩上众人，用厌憎布下的棘刺。

　　我终于有了自由！
　　风暴袭来，耳边响起凌辱的鼓点，我的宝座，翻倒在卑微尘土之间。
　　我的路，铺开在我的面前。

　　我的翅膀，充满对天空的渴望。
　　我要做午夜流星的旅伴，纵身投入渊深的黑暗。

　　我就像风暴驱策的夏日乌云，卸去了黄金的冠冕，将利剑般的霹雳，悬在闪电的链环。
　　怀着不顾一切的欢欣，我跑进尘土飞扬的贱民之路，奔向你最后的欢迎。

　　离开母亲的子宫，孩子才找到自己的母亲。
　　当我与你离分，当我被扔出你的家门，我才能自由地端详，你的面影。

一一

我这条宝石项链啊，打扮我只是为了奚落我。

它使我颈项青紫，当我奋力拉扯，想逃脱它的纠缠，它勒得我无法呼吸。

它扼住我的咽喉，噎住我的歌声。

要是能把它贡献给你，我的主啊，我就会得到赦免。

拿去它吧，作为交换，用花环将我系在你的身边。要知道，戴着这样的一条宝石项链，我无颜站在你的面前。

一二

远远的下方，清清的亚穆纳河❶轻快流淌；嶙峋的岩岸，从高处蹙眉俯瞰。

林木蓊郁的群山聚集四周，满身都是急流划出的伤口。

伟大的锡克导师哥文达❷端坐山岩，正在研读经卷。富贵骄人的弟子拉古纳特走了过来，躬身说道："我给您带了薄礼，区区不成敬意。"

他一边说，一边拿出一对镶有昂贵石子的金镯子，放在老师面前。

老师拿起一只镯子，绕在手指上转了转，镯子上镶满钻石，射出耀眼的光线。

突然之间，镯子从老师手上滑落，滚下河岸，滚进波澜。

"哎呀。"拉古纳特尖叫一声，纵身跳进急湍。

老师专心研读手里的经卷，河水藏起偷来的物件，顾自向前。

❶亚穆纳河（Jumna）为印度北部的一条河流，发源于喜马拉雅山脉，向东南流入恒河。

❷哥文达（Govinda）即哥宾德·辛格（Gobind Singh，1666—1708），印度诗人及哲学家，锡克教第十代师尊（1675 至 1708 年在位）。锡克教为印度主要宗教之一，诞生于十五世纪，教中领袖号为"师尊"。

直到日色昏暝，拉古纳特才回到老师身边，浑身淌水，疲惫不堪。

他气喘吁吁地说："我还能把它找回来，只要您指给我看看，它掉在了哪边。"

老师拿起剩下的那只镯子，一把扔到河里，说道："就是那边。"

一三

前行，是为了时刻与你相逢，我的旅伴！

是为了用歌声，应和你的足音。

受你气息熏染的人，绝不会借着岸的遮掩，悄悄滑行。

他会扬起一往无前的船帆，逆风驶过狂暴的水面。

推开道道门扉，径直举步前行，这样的人，会收到你的慰问。

他不会停步计算所得几何，也不为所失哀鸣；他的心为他敲响远征的鼓点，因为他步步与你偕行，我的旅伴！

一四

尘世间最美的东西，我应得的一份会从你手中降临：你曾经这样应承。

所以我的泪水，总是映着你的光辉。

我不敢接受他人的指引，怕的是错过，你等候我的那个街角，怕的是错过，等着为我领路的你。

我任性地走着自己的路，偏要用自己的愚蠢，把你引到我的家门。

因为你曾经对我应承，尘世间最美的东西，我应得的一份会从你手中降临。

一五

我的主上啊，你用的是简单明了的语言，谈论你的人却并非如此。

我懂得你星星的话语，懂得你树木的沉寂。

我知道我的心，将会像花儿一般绽放；我知道我的生命，已经从潜藏的甘泉汲满琼浆。

你的歌好比寂寞雪原的鸟儿，正飞向我的心，要借我心里的四月暖意，筑巢安身，于是我安然等待，欢乐季节的来临。

一六

他们认得路，知道从那条狭窄的巷子去找你；无知的我却只能四处乱走，夜深还在寻觅。

我不够知书达理，黑暗中也不懂得畏惧你，所以我误打误撞，踏上你门前的梯级。

聪明人出言呵斥，叫我即刻离去，只因为我的来路，不是那条巷子。

我怯怯地转过身去，你却把我紧紧拉住，而他们詈骂的声音，一日高似一日。

一七

我拿出家里的瓦灯，高声叫喊："走吧，孩子们，我来给你们照路！"

归家之时，夜色昏黑依然，我走出沉默不语的道路，高声叫喊："火啊，照亮我吧！我的瓦灯碎在了尘土里！"

一八

不，催开花蕾的不是你。

只管去摇撼花蕾，只管去敲打叩击；催开花蕾，不是你力所能及。

你的触碰玷污花蕾，你扯碎花瓣，将碎片撒在尘土里。

依然，没有色彩，没有香气。

咳！催开花蕾，可不是你的活计。

催得开花蕾的人，手法是那样简单。

只需他一瞬顾盼，生命的琼浆，便搅动花蕾的脉管。

借着他一缕气息，花儿便张开羽翼，迎风招展。

色彩喷涌，有如心底的渴盼，香气四溢，捅破甜美的谜团。

催得开花蕾的人，手法是那样简单。

一九

严冬肆虐，花匠苏达斯的莲池一片肃杀，只剩下最后一枝莲花。于是他采下莲花，来到王宫门旁，想把花卖给国王。

他在王宫门旁碰见一个旅人，旅人对他说："这枝最后的莲花，你说个价吧——我想把它献给佛陀。"

苏达斯说："给我一枚金币❶，花就是你的啦。"

旅人付了钱。

恰在此时，国王出了宫门。他正要去朝觐佛陀，所以想买这枝莲花，心里想的是："冬日里的莲花，供奉在佛陀脚下，再合适不过啦。"

听花匠说有人出了一枚金币，国王便把价钱抬到十枚。可是，旅人又把出价翻了一倍。

生性贪婪的花匠暗自盘算，既然他们为了同一个人争相抬价，倒不如拿着花去找那个人，说不定好处更大。于是他躬身说道："这枝莲花，我不卖啦。"

城墙外的芒果林中，万籁俱寂的树荫里，苏达斯站在佛陀面前。佛陀唇边凝着无言的慈悲，眼里漾着祥和的光辉，宛如露水浣濯的秋日清晨，那一颗启明的星星。

苏达斯望着佛陀的脸，把莲花放到佛陀的脚边，一躬到地，埋首于尘埃之间。

佛陀莞尔而笑，开口问道："你想要什么呢，我的孩子？"

❶ "金币"原文为"mâshâ"，印度传统重量单位，略少于一克。

苏达斯叫了出来："想轻轻碰一碰您的双脚。" ❶

二〇

夜啊，让我做你的诗人吧，蒙着面幂的夜啊！

有些人没世穷年，在你的暗影里默坐，让我为他们代言，唱出他们的歌。

时光之宫的女王，深沉美丽的你啊，带我登上你的无轮轩车，无声地穿越万千宇宙吧！

千万个喜好探究的头脑，偷偷蹩进你的庭院，在无灯的屋子里巡游，苦苦地寻找答案。

千万颗心，被未知者施放的喜悦之箭射穿，欢乐的颂歌骤然迸发，将黑暗彻底掀翻。

而那些警醒的魂灵，凝望星光璀璨，为自己突然觅得的珍宝，惊奇赞叹。

夜啊，让我做他们的诗人，吟咏你深不可测的静默吧。

二一

有一天，我会碰见我内心的本真，碰见藏在我生命里的欢欣，哪怕岁月抛下懒散的埃尘，扰乱我的路径。

一次又一次，我瞥见它的身影，它的气息阵阵袭来，给我的思绪染上片刻芳馨。

有一天，我会碰见无我的喜悦，它就在光明之幕背后栖身。那一天，我会站在漫溢的空寂里，万物都在那里现出本相，仿佛对着造物者的眼睛。

二二

太多的光亮，令这个秋日清晨倦怠难堪；倘若你的歌曲，渐渐地散乱慵懒，那就暂且，把你的长笛给我吧。

❶用手触碰长者的双足是印度人表示敬意的传统礼节。这个礼节隐含的意思是长者走过了漫长的路途，见多识广，即便是长者脚上的尘土，也可以让小辈获得莫大的教益。

我只会由着兴致，信手摆弄你的长笛，一会儿把它放在膝头，一会儿把它举到唇边，一会儿又把它，搁在身旁的草地。

可我会在静穆的黄昏里，采来朵朵鲜花，用花环装点它，让它芳香满溢。我会点起灯盏，向它顶礼。

入夜之时，我会去到你的身边，把长笛还给你。

等到寂寞的新月，去群星之间流浪，你会用它吹奏，子夜的乐章。

二三

诗人的心灵，乘着生命的浪涛，在风和水的歌吟里，漂流舞蹈。

太阳落山，昏暝的天空垂落海面，像睫毛掩住倦眼。时候到了，拿走他的笔吧，让他的思绪沉入深渊之底，沉入那片静寂之地，永恒的秘密里。

二四

夜色昏暝，你在我屏声敛息的生命里，沉睡不醒。

爱的苦痛啊，醒来吧，我不知怎样把门打开，只好伫立门外。

时光驻足等待，星星凝神守望，风儿停止游荡，沉甸甸的静寂，窒塞我的心房。

爱啊，醒来，醒来吧！将我的空杯注满，再用一缕歌声，吹皱这个夜晚。

二五

晨鸟在歌唱。

破晓时分尚未来到，夜的巨龙还用它冰冷黢黑的身躯，将天空团团围绕，晨鸟是从哪里，找来了晨曲的歌词？

晨鸟啊，告诉我，东方的信使是如何探明路径，穿越天空与树叶的双重黑夜，走进了你的梦境？

当你高声叫喊，"夜已消逝，太阳就要升起"，这世界并不相信你的话语。

睡梦里的人啊，醒来吧！

袒露你的额头，等待第一缕阳光的赐福，怀着欣悦的虔诚，与晨鸟一起歌唱吧。

二六

我灵魂中的乞儿，向无星的天空伸出枯瘦的手掌，用他饥渴的声音，冲黑夜的耳朵叫嚷。

他在向盲眼的黑暗祈请，黑暗却冥然不应，像一个丢盔弃甲的神祇，僵卧在碎梦栖居的荒芜天庭。

欲望的叫喊，盘旋在绝望的深渊，仿佛是哀号的飞鸟，围绕着空空的巢。

当晨曦扬帆驶来，把船锚抛在东方的天边，我灵魂中的乞儿却一跃而起，大声叫喊：

"幸好那耳聋的黑夜，对我不睬不理——幸好它囊空如洗。"

他喊道："生命啊，光明啊，你们何等珍贵！同样珍贵的是，终于识得你们的那份欢喜！"

二七

萨拿坦❶坐在恒河边，数着念珠祷告，一个衣衫褴褛的婆罗门❷走到他的身边，开口说道："帮帮我吧，我实在穷困潦倒！"

"我全部的财产，不过是一只乞食的碗，"萨拿坦说，"我已将曾经拥有的一切，悉数施舍。"

"可是，湿婆大神❸托了梦给我，"婆罗门说，"叫我来寻求你的帮助。"

❶萨拿坦（Sanâtan）应即 Sanatana Goswami（1488—1558），印度教毗湿奴派哲人及诗人，提倡苦行禁欲。

❷婆罗门（Brahmin）为印度四种姓中等级最高的种姓，泰戈尔本人也是婆罗门。

❸湿婆（Shiva）为印度教三大主神之一，世界的毁灭者和再造者。

萨拿坦突然想起，自己曾在河岸的卵石堆里，拾到一块无价的宝石。当时他把宝石埋在了沙土里，因为他觉得，也许会有人需要这件东西。

他把埋宝石的地方指给婆罗门看，婆罗门满心惊讶地把宝石挖了出来。

接下来，婆罗门坐在地上独自冥想，直到太阳落到树林背后，牧人也赶着牛群回了家。

这时他站起身来，慢慢地走到萨拿坦面前，开口说道："师尊啊，有一种财富，傲视世间的一切财富，赐给我那样的财富吧，哪怕只是一分一毫。"

说完之后，他把宝石扔到了水里。

二八

一次又一次，我举着双手去到你的门旁，无休无止地向你讨赏。

你给了又给，有时候细水长流，有时又突然慷慨解囊，超出我的期望。

我接住你给的一些礼物，任由另一些掉到地上；有一些分量十足，压着我的手掌；有一些我做成玩具，玩腻了就毁个精光；到最后，礼物和礼物的残骸堆成无边无际的屏障，遮蔽了你的影像，而我的心，也在永无消歇的欲求中沦亡。

拿去，拿去吧——如今我开始这样叫嚷。

砸碎这乞儿碗里的全部家当，扑灭这窥伺者的执拗灯光，抓住我的双手，带我逃离这还在拔高的礼物山岗，走进你疏朗胸怀的无垠空旷。

二九

你把我安排在，失败者的队伍里。

我知道自己取胜无望，也别想逃出赌局。

我会扎进水池，就算是注定沉底。

我会参与，这场自我毁灭的博戏。

我会押上所有一切，输光了便押上自己；我觉得到得那时，我就会借由彻底的失败，取得胜利。

三〇

天空里漾开一抹欢愉的微笑，当你给我的心着上褴褛的衣袍，差她去沿路乞讨。

她挨门求告。三番五次，手里的碗快要装满的时候，她的收获被人劫走。

劳苦的一天到了尽头，她来到你宫殿的门前，举起她空空如也的碗。你走出门来，牵起她的手，引她坐上你的王座，坐到你的身边。

三一

饥荒肆虐舍卫城❶的时候，佛陀问自己的弟子："你们当中，可有人愿意担当赈济饥民的重任？"

开钱庄的拉特纳卡低头答道："赈济饥民所费甚大，远远超过我全副身家。"

御林军统领贾森说："我乐意献出满腔热血，

可我的家里食粮匮缺。"

广有田产的达玛帕尔叹道："旱魃吸干了我的田土，我连皇粮都缴不出。"

这时候，乞丐的女儿苏普里雅站了出来。

她向众人躬身致意，怯生生地说道："我愿意去赈济饥民。"

"拿什么赈济啊！"众人齐声惊叫，"你打算拿什么兑现承诺？"

"我是你们当中最穷的一个，"苏普里雅答道，"这便是我的力量。在座诸位的房子里，都有我的钱柜和粮仓。"

❶舍卫城（Shravasti）为古印度城市，在释迦牟尼生活的年代为印度六大城之一，遗址在今日印度的什拉瓦斯蒂地区。

三二

我不曾识得我的王，所以在他追讨贡赋的时候，我竟然胆大包天地以为，自己可以躲躲藏藏，不用将欠下的债务清偿。

借着日间劳作与夜晚梦境的遮挡，我一再逃亡。

可他讨债的声音挥之不去，尾随我的每一次呼吸。

我终于明白，他识得我，世间已没有我立身之所。

到得如今，我愿将所有一切摆到他的脚底，换取他王国里的一席之地。

三三

我想把你铸出来，从我的生命取样，铸一个供众人膜拜的偶像，于是便拿出我的尘土，我的欲望，还有我五色斑斓的幻觉与梦想。

我请求你依照自己的心意，用我的生命铸一个令你爱悦的形象，你拿出的是你的火焰，你的力量，还有真实、可爱与安详。

三四

"陛下，"仆从向国王禀报，"圣人纳罗丹❶十分倨傲，从不曾走进您的王家神庙。

"他在大路边的树荫里，吟唱颂神之曲，神庙里的信众，跑得一干二净。

"信众簇拥着他，像蜜蜂只顾着围绕白莲，把黄金的蜜罐撇在一边。"

国王心中不快，便去往纳罗丹讲道之所，纳罗丹在草地上端坐。

国王问道："师父啊，你要宣示神的爱，为何不走进我黄金穹顶的庙宇，偏要把你的座席，设在

---

❶纳罗丹（Narottam）应即 Narottama Dasa Thakura，十五世纪的印度教毗湿奴派圣人。

外面的尘土里？"

纳罗丹说道："因为神不在你的庙里。"

国王皱起眉头，说道："我为这艺术的奇迹，耗去两千万黄金，又举行种种所费不赀的仪式，将它敬献给神，这般虔诚，你可知情？"

"是的，我知道。"纳罗丹答道，"就在神庙落成的那一年，烈火烧毁你万千子民的家园，他们站在你门前乞求帮助，但却枉自徒然。

"于是神说：'那个可怜虫连自家兄弟都不能庇护，倒有脸为我修房造屋！'

"就这样，他决定与无家可归者为伍，在大路边的树荫里居处。

"就这样，你那个黄金气泡变得空无一物，只剩下虚荣散发的腾腾热气。"

国王恼怒地咆哮起来："滚出我的国土。"

圣人平静地说道："好的，你已经放逐我的神，不妨将我一并放逐。"

三五

号角躺在尘埃里。

风没了力气，光明已死。

唉，这邪恶的日子！

来吧，斗士们，带上你们的旗帜，歌手也来吧，带上你们的战歌！

来吧，朝圣的人们，快快踏上你们的征程！

号角躺在尘埃里，等着我们。

我带着晚祭的供品赶往神庙，想找个歇脚的地方，洗去我白昼的风尘，想治愈我的伤创，涤净我衣衫的污痕。可是我突然看见，你的号角躺在尘埃里。

我点起晚灯的时刻，岂不是已经来临？

夜晚岂不已经，把摇篮曲唱给了星星？

可是，你这朵血红的玫瑰啊，叫我那些睡意朦胧的罂粟花❶黯然失色、枯萎凋零！

❶根据古希腊神话，罂粟是生长在睡神许普诺斯居所门口的花。这种花在西方文化中象征着睡眠、遗忘、安宁和死亡。

　　我断定我浪游的时日已经罄尽，身上的债务也已偿清，因为我突然发现，你的号角躺在尘埃里。

　　用你青春的魔咒，敲打我昏昏欲睡的心！

　　让我生命中的欢乐，化作烈焰腾腾。

　　让催醒的矛枪，穿透黑夜的心脏，让恐惧的战栗，撼动盲昧与麻痹。

　　我来了，来将你的号角，从尘埃中拾起。

　　不再沉睡——我会徒步穿越阵阵箭雨。

　　会有人跑出家门，与我并肩前行——会有人流泪哭泣。

　　会有人在床上辗转反侧，在梦魇之中呻吟叹息。

　　因为今夜，你的号角将会响起。

　　我曾向你乞求和平，得来的只是羞耻。

　　如今我站到了你的面前——快帮我穿上我的铁衣！

　　让动乱的铁拳，捣得我生命腾起火焰。

　　让我的心在苦痛中悸动，擂响你胜利的鼓鼙。

我会空出两手，好将你的号角拾取。

三六

当他们乐极忘形，扬起尘土染污你的衣袍，美人啊，我是那么地痛心懊恼。

我向你高声呼喊："拿起你的笞杖，惩罚他们吧。"

晨光照出他们的眼睛，眼睛里满是长夜狂欢的红丝；长满洁白百合的幽境，涌动着他们火烫的呼吸；星星从神圣黑暗的深处，注视着他们的花天酒地——注视着那些，扬起尘土染污你衣袍的人，美人啊！

你的审判席设在花园，设在春日鸟儿的歌声里，设在阴凉的河岸，树叶与水波喁喁对语之地。

我的爱人啊，他们恣情任性的时候，心里可没有半点怜惜。

他们在黑暗里潜行，想偷取你的花饰，好装点他们的种种私欲。

当他们的殴击令你苦痛，我觉得万箭穿心，于是便向你高声呼喊："拿起你的利剑，我的爱人啊，惩罚他们吧！"

唉，你心里的正义始终清醒。

你为他们的暴戾恣睢，流下慈母的热泪；你那爱人的坚贞，将他们的悖逆戈矛，藏进自身的伤痕。

你的刑罚，是不眠爱意的无言苦痛，是贞女脸上的怯怯羞红，是失意者夜里洒落的泪滴，是宽宥一切的苍白晨曦。

可怖者啊，不顾一切的贪欲，驱使他们趁夜爬进你的家门，闯进库房恣意攫取。

可他们的赃物积成万钧的重负，叫他们无法带走，也不能抛舍离去。

于是我向你高声呼喊，可怖者啊，宽宥他们吧！

你的宽宥化作狂风暴雨，将他们击倒在地，将他们的赃物，抛散在尘埃里。

你的宽宥是霹雳，是纷飞的血雨，是落日的绯红怒意。

三七

摩突罗国❶的城墙边，佛门弟子优婆鞠多❷在尘土里酣眠。

灯火尽灭，户户掩门，八月的昏黑天空，遮没所有星辰。

脚镯叮当，是谁的双足，突然间触到他的胸膛？

优婆鞠多瞿然惊醒，看见一个女人，女人手里的提灯，照进他慈悲的眼睛。

来的是那个舞女，满身的珠宝，使得她璀璨如星；淡蓝的披巾，使得她绰约如云；青春的美酒，使得她醉意醺醺。

她放下提灯，看见他素净俊美的年轻面庞。

❶摩突罗国（Mathura）为古代中印度的一个国家（即今天的印度中北部城市马图拉）。

❷优婆鞠多（Upagupta）为摩突罗国鞠多长者（Gupta）之子，印度阿育王时代的佛教大师，付法藏第四祖，据传曾为阿育王讲经说法。五百罗汉之一即为优婆鞠多尊者。

"年轻的苦行者啊，恕我冒昧，"女人说，"恳请你去寒舍赏光，尘埃满布的地面，不配做你的卧床。"

苦行者答道："女人啊，你自己走吧。时机若是来临，我自会将你探访。"

突然之间，电光闪过天际，漆黑的夜晚，露出白森森的牙齿。

风暴在天空的角落怒吼，女人在恐惧之中瑟瑟颤抖。

* * * * * *

路边的树木，承受着花满枝头的痛楚。
欢快的笛声从远处传来，随春日的和风飘舞。
城里的人去了树林，享受繁花似锦的良辰。
满月悬在半空，凝视着寂静城镇的暗影。

年轻的苦行者行走在凄清的街道，头顶的芒果枝上传来杜鹃的啼叫，这相思成疾的鸟儿絮絮叨叨，诉说着无眠的苦恼。

优婆鞠多穿过一道道城门，在城墙边站定。

他的脚边，城墙的阴影里躺着一个女人，一个染上恶疾、周身溃烂、被人慌忙赶到城外的女人，她是谁呢？

年轻的苦行者坐到她的身边，用自己的双膝做她的靠枕，用清水濡湿她的嘴唇，用香膏涂敷她的全身。

"好心人哪，你是谁呢？"女人问道。

"探访你的时机终于来临，所以我来了。"年轻的苦行者答道。

三八

爱人啊，属于我俩的，可不只是轻松愉快的爱之嬉戏。

一次又一次，雨横风狂的夜晚呼啸着扑向我，吹灭我的灯；一次又一次，阴沉的疑云堆垒积聚，遮蔽我天空里所有的星。

一次又一次，决堤的洪水卷走我全部的果实；
一次又一次，哀号与绝望撕裂我整个的天宇。

于是我懂得，在你的爱里，尽有痛苦的打击，
永无死亡的冷寂。

三九

墙垣崩坍，光明奔涌而入，如同神明的笑声。

光明啊，旗开得胜！

黑夜的心脏已洞穿！

挥起你寒光闪闪的利剑，将疑虑与怯懦欲求的
纠结藤蔓，一刀两断！

旗开得胜！

来吧，绝无宽贷的你！

来吧，凛凛皎白的你。

光明啊，你的鼓声，在烈火的征途中轰鸣；你
彤红的火炬，已经被高高举起；辉煌迸射，死亡
已死！

四〇

火啊，我的兄弟，我为你献上凯歌。

你是可怖的自由，显露的鲜红姿影。

你在天空中挥动手臂，狂暴的手指扫过琴弦，奏出美妙的舞曲。

当我的日子走到尽头，当门扉道道开启，你会将绑缚我手脚的绳索，烧成灰烬。

我的身躯会与你融为一体，我的心会在你狂乱的涡旋里飞舞，我炽烈的往昔生命会熊熊燃起，与你的光焰合二为一。

四一

船夫已出航，在夜间横渡汹涌大洋。

风狂帆满，桅杆痛楚不堪。

夜的利牙喷出黪黑的恐惧，中毒的天空跌落海面。

波涛昂起头颅，向无形的黑暗猛冲猛撞，而船夫已出航，正横渡汹涌大洋。

　　船夫已出航，赶赴我无从知晓的约请；乍现的白色帆影，令黑夜惊异莫名。

　　我无从知晓，为去到那个点着灯的寂静庭院，为找到坐在尘土里等待的伊人，到最后，他会在哪里靠岸。

　　他的小船不顾黑暗与风浪，是为着什么样的梦想？

　　难道说，船上载满珍珠和宝石？

　　噢，不，船夫身边没有宝货，有的只是手里的一枝白色玫瑰，还有唇边的一支歌。

　　他为的是她，点着灯在夜中独自守望的伊人。

　　她在路边的小屋里栖身。

　　她披散的长发风中飘舞，遮住她的眼睛。

　　暴风雨尖声呼啸，穿过她破烂的屋门；她的瓦灯火光摇曳，在四壁投下幢幢暗影。

　　狂风怒号，她依然听得见他的呼唤，呼唤她无人知晓的芳名。

船夫出航，已经是许久之前的事情。

还要许久才会天明；还要许久，他才会叩响她的家门。

鼓声不会响起，没人会知晓他的来临。

只会有满屋的光明，生辉的尘土，还有喜悦的心。

船夫靠岸之时，所有疑问，都会在静默中消隐。

四二

浮泛在凡尘岁月的窄小河川，我死死抓住我的躯壳，抓住这活生生的筏子。一旦渡水登岸，我便将筏子舍弃。

然后呢？

我不知彼岸的光明与黑暗，是否一如尘世。

未知者便是永恒的自由：

他的爱不存丝毫怜悯。

珍珠在贝壳的黑牢里喑哑失声，他便将贝壳捣
成齑粉。

可怜的心啊，何必为逝去的时日，沉吟啜泣！
为将来的时日欢喜吧！
礼拜的钟声已经响起，朝圣者啊！
与往昔诀别的时辰，已经来临！
未知者会再一次揭去面幂，你们相会有期。

四三

频毗娑罗王[1]在佛陀的圣迹上建起佛坛，用洁
白的大理石，筑成一份敬意。
每到傍晚时分，王室的嫔妃公主都会来此礼
佛，献上鲜花，点上香灯。

到后来，频毗娑罗的儿子登上王位，用鲜血洗
去父亲的信仰，用圣书点燃异教的祭火。

金秋的一天行将终结。

晚祭的时辰就要来临。

什瑞玛蒂是王后的使女，虔诚地信仰佛陀。她用圣水洗净身子，又将香灯和新摘的白花装进金色的供盘，然后便抬起乌黑的双眼，静静地看着王后的脸。

王后吓得瑟瑟发抖，开口说道："傻丫头，礼拜佛坛是死罪，莫非你懵然不知？

"这可是国王的旨意啊。"

什瑞玛蒂对王后躬身施礼，随即转身出门，找到王子的新娘阿米塔，站到阿米塔的面前。

新娘子把一面亮金镜子架在膝头，一边编结乌黑的长辫，一边在前额的发际点上吉祥的红痣。

看到年轻的使女，新娘子吓得两手哆嗦，禁不

❶频毗娑罗（Bimbisara，前558—前491）为古印度摩揭陀王国君主，崇奉佛教。其子为阿阇世（Ajatashatru），据云弑父篡位，曾有灭佛之举，后皈依佛教，复为其子所弑。频毗娑罗的名字，诗中原文作"Bimbisâr"。

住叫了起来："你要给我招来怎样可怕的灾祸啊！赶紧走开吧。"

公主舒克拉坐在窗边，借着落日的余晖，读一本浪漫传奇。

见使女端着供品站在门口，公主吓得猛一激灵。

书本从她膝头跌落，她贴着什瑞玛蒂的耳朵，轻声说道："想死也不用着急啊，你这个胆大包天的女人！"

什瑞玛蒂挨门催促，奔走不停。

她高昂着头，大声叫喊："王宫里的女眷啊，快快动身！

"礼佛的时辰已经来临！"

有的人当她的面关上房门，有的人对她谩骂连声。

白昼的最后一抹日光，消逝在王宫塔楼的青铜穹顶。

街角爬满黯黑的阴影，熙攘的城市归于宁静，湿婆神庙的锣声，报出晚祷的时辰。

秋天的黄昏如平湖一般深邃，星星在暝色中闪烁不停，透过树丛，王宫花园的警卫骇然看见，佛坛脚下亮着一排香灯。

他们拔出剑来跑上前去，大声喝问："不怕死的蠢东西，你到底是什么人？"

"我是什瑞玛蒂，"回答他们的是一个甜美的声音，"佛陀的奴婢。"

转眼之间，她心脏的血液，将冰冷的大理石染成红色。

满天星斗的静谧时分，佛坛脚下的最后一盏香灯，悄然熄灭。

四四

分隔你我的昼日，最后一次躬身施礼，向我道别辞行。

夜晚蒙上她的面幂，藏起我房中的荧荧孤灯。

你黑暗的奴仆悄悄来临，为你铺开婚礼的地毯，好让你我二人默然对坐，直至夜尽更残。

四五

我在哀伤的卧床辗转竟夜，双眼困倦不堪。我沉重的心还没有做好准备，去迎接满载喜悦的晨间。

给这片赤裸的光明罩上面纱吧，叫这场闪闪夺目的生命之舞，离开我的身边。

让温存黑暗的披巾，层层叠叠地把我遮掩，暂且盖住我的痛苦，使它免受世界的压碾。

四六

我已经错过，酬答她所有馈赠的时机。

她的夜已经破晓，你已将她拥到怀里。我只好把为她准备的谢礼，呈交给你。

为我带给她的所有伤害与凌辱，我向你乞求宽恕。

我献上我爱意的花朵，用它做礼拜你的供物——她曾苦苦等待它的开放，它却含苞不吐。

四七

我发现她的盒子里，珍藏着我往日的几封书信——这是她为自己的记忆，保留的小小玩具。

怀着一颗怯怯的心，她从光阴的湍流里偷来这些零碎琐细，然后说道："这些东西，只属于我自己！"

唉，如今已不再有人，能用脉脉的深情赎取这些东西，可它们依然，存留在此时此地。

这世间必定有爱，能够打救她，不让她彻底消逝，正如她的这份爱，用如许的痴心，打救了这些书信。

四八

女子啊，把美与秩序带进我凄凉的生命吧，既然你在世之时，曾经将它们带进我的屋子。

请你扫去光阴的尘封碎片，注满空空如也的瓶罐，将无人照管的一切，补缀复原。

然后打开神祠的内门，再将蜡烛点燃，好让我们在神的面前，默然相见。❶

四九

调校琴弦的时分，痛苦委实难忍，我的乐师啊！

奏响你的音乐吧，好让我将痛苦忘记，好让我从美妙的乐声中体会，那些无情的日子里，你存着怎样的心思。

阑珊残夜在我门前徘徊不去，让她用歌声跟我道别吧。

我的乐师啊，伴着从你的星辰降下的旋律，将你的心，注入我生命的琴弦吧。

五〇

电光石火之间，我在自己的生命里看见，你的创造广大无边——你的创造，包蕴万千世界的无穷生灭。

当我在空虚时日的掌中，看见自己的生命，我悲泣于自身的轻贱；在你的掌中看见它的时候，我却懂得它无比珍贵，不该虚掷在暗影之间。

五一

我知道终有一天，白昼尽头的昏暝时刻，太阳会向我道别。

牛儿会在河畔的山坡吃草，牧人会在榕树❷下

❶这首诗与《彤管集》第四十五首完全相同。

❷ "榕树"原文为"banyan"，指桑科榕属乔木孟加拉榕（*Ficus benghalensis*）。孟加拉榕原产印度次大陆，为印度国树。

弄笛，而我的日子，将会在黑暗中消逝。

我祈祷，离去之前，我能够明了，大地为何唤我去她的怀抱。

她夜晚的寂静，为何向我讲述星星的传说；她昼日的光明，为何把我的思绪吻成花朵。

离去之前，愿我能曼声吟哦最后的诗篇，把它的曲子谱完，愿灯火燃亮，好让我看见你的容颜，愿花环织就，好让我为你加冕。

五二

什么样的音乐，用它的韵律摇撼世界？

当它鸣响在生命之巅，我们喜笑开颜；当它回身进入黑暗，我们在恐惧中抖颤。

随着这无尽音乐的节律，循环往复的游戏，却始终不曾改变。

你把自己的财宝藏在掌心，我们便叫嚷自己遭了抢劫。

任由你手掌开开合合，得失却从无改易。

这是你和你自己玩的游戏，输家和赢家，都是
你自己。

五三

我已用双眼和四肢，亲吻这个世界；我已将它
装进我的心，裹了千层万叠；我已用思绪淹没它的
日日夜夜，直到它与我的生命融为一体——我爱我
的生命，因为我爱这天光缕缕，它与我经纬交缠，
无分彼此。

离别此世，若是与热爱此世同样真实，生命的
聚散，定然饱含深意。

倘若死亡是对这份热爱的欺骗，欺骗的毒瘤定
然会侵蚀一切，星星也会枯萎凋残，黯然失色。

五四

云对我说："我要消散无影。"夜对我说："我要
纵身跃入火烫黎明。"

痛苦对我说："我要保持深沉的静默，如同他的足印。"

我的生命对我说："我要经由死亡，走进完满之乡。"

大地对我说："我的光芒，时刻亲吻你的思想。"

爱对我说："光阴流逝不停，我却为你守望。"

死亡对我说："我会将你生命的小船，划过大洋。"

五五

恒河岸边，诗人图尔西达斯❶徘徊在焚化死者的荒凉处所，沉思默想。

他忽然发现，一个女人坐在她亡夫的脚边，身穿嫁衣一般的华丽衣裳。

看到诗人，女人起身施礼，开口说道："大师啊，请您为我祝福，让我追随丈夫去天堂吧。"❷

"我的女儿啊，你何必如此匆忙?"图尔西达斯问道，"眼前的大地，岂不也是那位天堂建造者的国土?"

"我向往的并不是天堂，"女人说道，"我只想要我的丈夫。"

图尔西达斯微微一笑，说道："回家去吧，我的孩子。不等这个月过完，你就能找到你的丈夫。"

女人怀着喜悦的希望回了家。图尔西达斯每天都去看她，引导她思考各种高妙的道理。到最后，她心里终于充满了神圣的爱。

这个月刚刚结束，邻居们就跑去问她："女人啊，你可曾找到你的丈夫？"

寡妇微笑着说道："找到了。"

邻居们迫不及待地问道："他在哪里？"

"我的夫君就在我的心里，已经与我融为一体。"女人说道。

❶图尔西达斯（Tulsidas，1532—1623）为古印度大诗人，主要作品为长篇叙事诗《罗摩功行录》（*Ramcharitmanas*）。

❷印度曾有让妻子为丈夫殉葬的陋俗，方式之一是把妻子投入亡夫的火葬柴堆。习俗熏染之下，也有一些女人自愿殉夫。

五六

你来到我的身边，与我片刻相伴，让我领略万物心底里，永恒女性的伟大奥秘。

她啊，不断将神倾注的甘美回赠给神；她啊，是自然界历久弥新的美与青春；她在潺潺的流水中舞蹈，又在清晨的阳光里歌吟；她用汹涌的波涛，哺育焦渴的大地；在她的身体里，唯一的永恒者在无法自制的喜悦中一裂为二❶，又在爱的痛苦中漫溢。

五七

这永远孤凄的女子，永驻在我的心里。她是何人？

我乞求她的爱意，却不曾赢得她的垂青。

我用花环来妆扮她，向她献上赞美的歌声。

她脸上亮起一抹微笑，转眼便凋落无影。

"你不能给我快乐。"她如是叫喊，这哀伤的女人啊。

　　我买给她珠翠镶嵌的脚镯，为她挥动缀满宝石的扇子；我备办黄金的床架，为她铺好枕席。

　　她眼里闪现一丝欣喜，转眼便黯然消逝。

　　"这些东西不能给我快乐。"她如是叫喊，这哀伤的女人啊。

　　我扶她登上凯旋庆典的车辇，载着她走遍天涯海角。

　　屈服的心灵纷纷在她脚下拜倒，颂赞的欢呼响彻云霄。

　　她眼里亮起一缕自豪，转眼便在泪光中雾散烟销。

　　"征服不能给我快乐。"她如是叫喊，这哀伤的女人啊。

❶按照印度哲学家拉达克里希南（Sarvepalli Radhakrishnan，1888—1975）在《泰戈尔的哲学》（*The philosophy of Rabindranath Tagore*，1918）一书中的解说，这句诗里的"一裂为二"指的是唯一的永恒者（The Eternal One，大致相当于造物主）自身分裂为"神我"（Purusha）和"本性"（Prakriti），大致相当于开辟鸿蒙。

我问她："告诉我，谁才是你意中的人？"

她只是说："我等的那个人不知名姓。"

光阴荏苒，她一再呼唤："我永世熟识的陌生爱人啊，你何时才会来临？"

五八

你的光明从黑暗里迸发，你的美德从矛盾心灵的裂隙萌芽。

你的屋宇向整个世界开放，你的爱呼唤人们奔赴疆场。

你的赠礼在一切尽失时依然可得，你的生命之流贯穿死亡的巨穴。

你的天堂坐落在平凡的尘埃里，你在那里迎候我，迎候所有的人。

五九

当我苦于道路风尘，在酷烈的白昼中焦渴难忍，当薄暮的鬼魅时分，用阴影笼罩我的生命，朋友啊，我不仅渴望你的音声，更渴望你的触碰。

我的心陷于极度的痛苦，因为它携着尚未献纳给你的财富，身荷重负。

请伸出你的手，穿过夜幕，让我握住它，塞满它，将它留住；让我感受它的爱抚，爱抚我绵延不止的悠长孤独。

六〇

芬芳在花苞里喊叫："可怜的我呀，日子消逝，消逝的是春天的快乐日子，我却身陷这花瓣的牢狱！"

别灰心，胆怯的小东西！

你的桎梏终将迸裂，花蕾终将绽成花朵，等你在生命的完满中死去，春日依然绵延不止。

芬芳在花苞里扑腾翅膀，气咻咻地大声叫嚷："可怜的我呀，时辰流逝，可我不知道要去哪里，也不知道我寻觅的目的！"

别灰心，胆怯的小东西！

春天的微风，偶然听见了你的心曲，不等今天成为过去，你就会实现生命的意义。

眼看未来一片黑暗，芬芳在绝望中叫喊："可怜的我呀，我的生命如此空虚，到底是谁的过失？

"谁能告诉我，我的存在究竟有什么意义？"

别灰心，胆怯的小东西！

完美的黎明就要来临，你的生命将与所有生命融为一体，而你终将了悟，你存在的目的。

六一

我的主上啊，她还是个孩子。

她在你的宫殿里东奔西跑，玩耍嬉戏，还想把你，也变成她的玩具。

粗心的她头发披散，衣衫也拖在尘土里，可她不曾留意。

你对她说话的时候，她酣然入梦，不睬不理——你晨间给她的花朵，从她的手中滑落，跌入尘泥。

风暴乍起，黑暗笼罩天宇，驱散她的睡意；她的玩偶散落在地，她畏怯地紧贴着你。

她生怕自己，不能好好地服侍你。

而你眼含笑意，看她玩她自己的游戏。

你懂得她。

坐在尘土里的孩子，正是你命定的新娘；她的嬉戏终将停息，化作深沉的爱意。

六二

"太阳啊，除了天空，还有什么能承载你的形影？"

"我梦中有你，却不敢奢望侍奉你的荣幸。"露珠哭着说，"我实在渺小，无法接纳你；伟大的主上啊，我的生命尽是泪滴。"

太阳如是回答："我照亮无垠的天宇，也可以屈身微小的水滴。我会化作一点火花，充满你的躯体，让你的小小生命，变成笑盈盈的星球。"

六三

无节制的爱不是我的希求，它好比汩汩冒泡的汽酒，胀破酒瓶，转眼就无法入口。

给我清凉纯净的爱，它好比你的雨点，滋润焦渴的大地，注满素朴的陶罐。

给我沁入生命深处的爱，它好比无形的乳汁，从深处流遍生命之树的繁枝，孕育花朵和果实。

给我宁谧的爱，它带来完满的安和，令心灵常得平静。

六四

太阳落在河流西边，落在繁枝密叶的林间。

隐修的少年放牧归来，围坐在火堆周围，聆听乔答摩大师的教诲。一个陌生的少年走上前来，向大师敬献花果。这之后，少年一躬到地，用鸟语一般的悦耳声音说道："尊者啊，我来到这里，是为了请您引路，去追寻至高的真理。

"我名叫萨提亚伽摩。"

"愿福佑降临你的头顶。"大师说道。

"孩子啊，你属于哪个家族？至高的智慧，婆罗门才配追寻。"

"大师啊，"少年答道，"我不知自己属于哪个家族，且容我回家询问母亲。"

说完之后，萨提亚伽摩辞别大师，涉过浅浅的河水，返回母亲的小屋。这是间村口小屋，坐落在荒芜沙地的尽头。

村里人已经安睡，小屋里却孤灯如萤，母亲伫立在黑黢黢的门口，等待儿子归来。

母亲把萨提亚伽摩揽在怀里，亲吻他的头发，询问他拜师的情形。

"亲爱的妈妈，我爸爸叫什么名字？"少年问道。

"乔答摩尊者告诉我，至高的智慧，婆罗门才配追寻。"

母亲双目低垂，声音轻得如同耳语。

"年轻时我很穷，侍奉过许多主人。你诞生在你妈妈贾巴拉的怀抱，亲爱的孩子啊，你妈妈却没有丈夫。"

林间的隐修之所，朝曦在树梢闪耀。

古树之下，弟子们坐在大师面前，蓬乱的头发挂着晨浴的水珠。

萨提亚伽摩来了。

他向大师深施一礼，默默地站在原地。

"告诉我，"伟大的导师问道，"你属于哪个家族？"

"尊者啊，"少年答道，"我不知道。我问起这件事情的时候，我母亲说，'我年轻时侍奉过许多主人，你诞生在你妈妈贾巴拉的怀抱，你妈妈却没有丈夫。'"

周围立刻响起嗡嗡的声音，好似扰动蜂巢的愤怒蜂鸣，弟子们低声咕哝，数落这无耻放肆的

贱民。❶

　　乔答摩大师起身离座，伸出双臂将少年拥到怀里，说道："孩子啊，你是最高贵的婆罗门，因为你拥有，最高贵的诚实品性。"❷

六五

　　也许就在今晨，城里有座房屋借着旭日的亲吻，永远地敞开了大门，光的使命由此完成。

　　树篱与花园里，繁花竞放；也许就在今晨，有颗心已经在花丛中觅得，穿越无尽光阴跋涉而来的礼品。

❶按照古印度的风俗，出身不明的人是为人不齿的贱民，地位甚全不如四种姓中等级最低的首陀罗。

❷这个故事见于古印度吠陀文献《歌者奥义书》（*Chandogya Upanishad*）。故事里的"乔答摩"并不是本名乔答摩·悉达多的释迦牟尼

六六

听啊，我的心，他的笛声里有野花的芳馨，有光闪闪的树叶与涟漪，还有片片清阴，回荡着蜂儿振翅的声音。

长笛从我友人的唇边偷来微笑，又将它铺满我的生命。

六七

你总是在我歌声之河的彼岸，茕茕孑立。

我荡漾的歌声濯洗你的双足，你的双足却让我无法企及。

我和你玩着这场游戏，彼此却隔着迢遥的距离。

是分离的痛苦熔成旋律，涌出我的长笛。

我等待那个时刻，等你的小船渡过河面，来到我的岸边；等你将我的长笛，拿在你的手里。

六八

今天清晨，我心灵的窗扉，朝向你心灵的那扇窗子，突然间豁然开启。

我惊异地看见，四月的花叶上写着我的名字，你所知的那个名字，于是我默坐无语。

风儿瞬间吹去，分隔你我歌声的帘子。

我发现我无法唱出的喑哑歌曲，满溢在你的晨曦里；我想在你的脚边学会它们，于是我默坐无语。

六九

我的心若是漂游浪荡，便无法找到你的方向，因为你在我心的中央；你始终避开我的爱和希望，因为我的爱和希望，始终是你藏身的地方。

你是我青春的嬉戏里，最幽深的欢喜；当我在嬉戏中沉溺，便与这欢喜失之交臂。

在我生命的狂喜时刻，你曾赠我清歌；我却忘了，用歌声与你应和。

七〇

你将你的灯盏举到天空，灯光洒满我的脸庞，灯影笼在你的身上。

我在心里举起爱的灯盏，灯光照亮了你，留我在灯影里。

七一

波浪啊，吞噬天空的波浪，熠熠生光，与生命一同起舞；喜悦飞旋的波浪啊，永不停下奔涌的脚步。

星星在浪尖翩跹，波浪将七彩思绪卷出深渊，抛撒在生命的沙滩。

生与死随波跌宕，我心灵的鸥鸟高声欢叫，展翅飞翔。

七二

欢乐从四方赶来，铸就我的身体。

诸天光明送上万千亲吻，直到她霍然苏醒。

她的缕缕呼吸，含着匆匆夏花的叹息；她的一
举一动，携着风声水音的韵律。

森林与云朵的缤纷潮浪，将激情注入她的生
命；万物的音乐用温柔的爱抚，将她的四肢雕琢
成形。

她是我的新娘——她已在我房中，点起自己
的灯。

七三

花繁叶密的春日，钻进我的躯体。

整个早晨，蜂儿在我躯体里嗡嗡不息；春风悠
悠，与树影追逐嬉戏。

甘泉一泓，从我心底涌起。

我的双眼欣然领受甘泉的洗浴，莹洁如露水

浣濯的晨曦；生命盈满我的四肢，抖颤如振响的琴丝。

潮水涨泛，漫溢我生命的海岸，我永远的爱人啊，你可在岸边独自徜徉？

我缤纷的梦想，可是像彩翼的蝶蛾，绕着你轻快飞翔？

我生命暗穴中的声声回响，可是你的歌行？

今天，拥挤的时光在我脉管中嗡嗡哼唱，轻快的脚步在我胸腔里欢舞若狂，躁动的生命拍打翅膀，在我身体里喧腾闹嚷，除了你，有谁能听见这些声响？

七四

我的镣铐已斩断，我的债务已清偿，我的门扉已开启，我遨游四方。

他们蜷缩在角落里，用苍白的时日织成蛛网；

他们坐在尘土中清点硬币，呼唤我回到他们身旁。

可我的宝剑已锻造出炉，我的铁衣已披挂停当，我的骏马，怀着奔驰的渴望。

我会开疆拓土，赢来我的国度。

七五

仿佛只是昨日，我踏上你的大地，赤条条无名无姓，只带着哭号一声。

今天我声音欢畅，我的主上啊，你却闪到一旁，好让我有地方，灌满我生命的壶觞。

即便在向你献歌的时候，我心里也存着隐秘的期望，期望用我的歌换来，众人的亲近与爱赏。

你乐见我热爱红尘万丈，热爱这个，你带我来的地方。

七六

我曾在暗影里蜷缩求安，如今，喜悦的狂澜将我的心送上浪尖，我的心却紧紧抓住，烦难铸就的冷酷山岩。

我曾独坐在自家的角落，想着它狭小逼仄，容不下任何宾客，如今，不请自来的喜悦猛然撞开我的家门，我却发现它容得下你，也容得下整个世界。

我曾踮起脚尖走路，悉心呵护我熏香盛饰的躯体，如今，喜悦的旋风把我掀倒在尘埃里，我却开怀大笑，在你脚下的地面翻来滚去，像个孩子。

七七

世界属于你，永远属于你。

你没有任何匮乏，我的王啊，便不为你的财富欢喜。

你视财富如无物。

所以你耗去漫漫岁月，不断向我馈赠你的财富，不断在我身上，赢得你的国度。

日复一日，你从我心里赎买你的日出；你渐渐发现，你的爱已刻进我生命的画图。

七八

你赐予鸟儿歌曲，鸟儿也以歌曲还礼。

你给我的只是嗓音，却索取超额的报偿，所以我歌唱。

你赐予风儿轻盈的躯体，风儿的报效便敏捷迅疾。可你将重担压上我的双手，让我自己去减轻负荷，直到赢得彻底的自由，无牵无挂地供你驱策。

你创造你的大地，又用零碎的光明，填充地上的阴影。

你就此袖手离去，留下赤手空拳的我，在尘土中建造你的天国。

你向万物布施，唯独向我索取。

阳光雨露，催熟我生命的禾谷，到最后，金色

谷仓的主人啊，我的收成会超过你播下的种子，好
让你称心满意。

七九

别让我祈请隔绝危险的荫蔽，让我祈请不畏危
险的勇气。

别让我乞求痛苦止息，让我乞求征服痛苦的
意志。

别让我在生命的沙场上寻找盟军，让我倚仗自
身的坚毅。

别让我在焦虑与恐惧中巴望救兵，让我企盼为
自由奋战的耐力。

应允我吧，别让我成为懦夫，只能在成功中体
会你的慈悯；要让我在失败当中，感受你手掌的
接引。

八〇

孑然独居之时，你不曾识得自己；风儿从此岸

吹向彼岸，不曾捎来使命的急迫呼唤。

　　当我来临，你便苏醒，诸天绽放霞光片片。
　　你让我在千花万卉中开放，用千形万状的摇篮哄我入眠；你用死亡将我掩藏，又让我在新的生命里重现。

　　当我来临，你心潮起伏，悲喜交集。
　　你轻抚我，阵阵刺痛化为爱意。

　　可我眼里藏着朦胧的羞耻，心里也闪着隐约的畏惧；面幂遮挡住我的脸，我为看不见你而哭泣。

　　但我知道，你渴望看见我的心意，知道这份渴望绵绵无极，化作朝朝旭日的声声叩击，在我的门前呼唤不止。

八一

　　你在永恒的守望里，倾听我渐行渐近的足音；

你的欢喜在熹微晨曦中积聚，瞬间爆发无限光明。

我越是向你走近，你大海的狂舞，便越是充满激情。

你的世界在你的掌心，是一捧光线织就的交错花枝；你的天堂却在我心底的秘境，怀着羞怯的爱意，慢慢地打开花蕾。

八二

独坐在无言思绪的暗影里，我会唤出你的名字。

我会唤出你的名字，不用任何言辞；我会唤出你的名字，没有任何目的。

因为我像个孩子，会千百次呼唤母亲，还会为自己懂得呼唤"母亲"，欢欣得意。

八三

（一）

我觉得满天星辰，都在我胸中闪闪发光。

世界涌进我的生命，像洪水冲决堤防。

千花万卉，在我身体里绽放。

土地与流水的所有朝气，像檀香在我心中袅袅升起；万物的气息撩动我的思绪，像吹奏一管长笛。

（二）

世界沉入梦乡，我来到你的门旁。

星星不声不响，我不敢开口歌唱。

我静静等待，静静凝注，直到你的影子掠过夜的露台，才踏上心满意足的归途。

晓色初开，我在路边唱起歌来。

树篱的花朵纷纷响应，清晨的风儿凝神细听。

过路的旅人蓦然停步，端详我的面庞，以为我叫出了他们的姓名。

（三）

将我留在你的门前，随时听候你的差遣；让我在你的国度巡游，随时响应你的召唤。

别让我渐渐沉沦，没入怠惰的深渊。

别让空虚的荒芜，把我的生命磨穿。

别让扰乱心神的灰尘，聚成笼罩我的疑云。

别让我千方百计，积攒万贯千金。

别让我依违从众，抑志屈心。

让我高高地昂起头颅，凭着为你执役的勇气与自尊。

八四
桨手

你是否听见，死亡在远方躁动嘶喊，

是否听见，从火海毒瘴中传来的呼唤

　　——那是船长在吩咐舵手，将船儿转向无名的岸，

　　因为时日终结——港湾里的停滞时日已终结——

在那个港湾，同一批陈年货品你买我卖，无尽循环；

在那个港湾，死物漂浮在真相枯竭的空虚海面。

他们在突起的恐惧中惊醒，开口便问：

"伙伴啊，钟敲几点？

"曙光何时才会出现？"

滚滚乌云，将群星悉数遮掩——

谁还能看见，白昼那殷勤邀请的指尖？

他们抄起船桨跑出家门，

床空了，母亲在祈祷，做妻子的守望在门边；

离别的悲号腾入云天，

黑暗中传来船长的呼喊：

"启程吧，水手们，港湾的日子一去不返！"

世上所有的黑暗妖邪，都已经越出堤岸，

可是桨手啊，各就各位吧，在心底藏起哀伤的祝愿！

弟兄们啊，你们要把谁埋怨？低下你们的头吧！

这是你们的罪愆，也是我们的罪愆。

神心中的怒火，早已经积聚多年——
弱者的怯懦，强者的横蛮，肥腻豪富的贪婪，
冤民的积愤，种族的自满，人性蒙受的摧残——
已冲决神的平静，在风暴中腾起烈焰。

你们要像成熟的豆荚，任暴风雨将自己的心炸成碎片，
将雷电抛向四方八面。
收起你们那装腔作势的自夸与非难，
携着额际默祷的安和，驶向那无名的岸。

我们天天遇见邪恶与罪愆，天天与死亡谋面；
它们用闪电般的匆促笑声嘲弄我们，像乌云飘过世间，
突然又驻足停留，凶相毕现，
而人们必须挺立在它们面前，发出豪言：
"妖魔啊，我们不怕你！
"因为我们百折不挠地征服你，就这样活过每一天，
"即便死去，我们依然怀着坚贞的信念，

"相信安宁是真，善良是真，永恒者也绝非虚幻！"

倘若永生者，并不栖身在死亡的心脏，

倘若喜悦的智慧不能绽出花朵，冲破哀伤的
茧壳，

倘若罪愆，并不毁灭于自揭恶行的张狂，

倘若骄矜，并不崩摧于自身虚饰的负荷，

那么，当这些人背井离乡，像星星赶赴晨曦中
的死亡，

驱策他们的希望，到底是来自何方？

难道说，烈士的鲜血和母亲的泪光，

终会在大地的尘土中全然沦丧，

如此的代价，并不能换得天堂？

难道说，凡人挣脱尘世局限的那一刻，

显现的并不是无限者的模样？

八五
失败者之歌

我站在路旁，我主上吩咐我吟唱失败之歌，因

为失败是我主上，暗中追求的新娘。

她蒙上黑暗的面幂，不让众人看到她的模样，她胸前的珠宝，却在黑暗里熠熠生光。

白昼将她遗弃，神的黑夜却等着她的到访，灯火燃亮，露凝花放。

她目光低垂，不声不响；她背井离乡，来自故园的哀声风中飘荡。

星星却唱起永恒的恋歌，唱给她那张，屈辱与苦难妆点的甜美面庞。

空寂的密室开了门，召唤的声音已响起，黑夜的心脏肃然悸动，为即将到来的幽期。

八六
感恩

走在骄矜之路的人们，践踏卑微的生命，用沾着鲜血的足印，覆盖大地的娇柔绿茵。

让他们得意欢欣，让他们对你感激涕零，主啊，因为今天属于他们。

但我也感谢你，感谢你让我与卑贱者同行——

他们饱经苦难，受尽威权的欺凌，他们在黑暗里以手覆面，饮泣吞声。

感谢你，因为他们的每一次痛苦抽搐，都震动你黑夜的幽深角落，他们身受的每一分凌辱，都已汇入你浩瀚的静默。

明天属于他们。

太阳啊，升起来吧，照见晨间的花丛里，绽放的滴血之心，也照见骄矜的火炬狂欢，烧残的余烬。

渡口集

*

据麦克米伦公司一九一八年版
译出

白昼已尽，暮色苍然。
送行的友人，已经离开河岸，
解缆起锚吧，让我们在星光下行船。

一

我必须离去的那一天，太阳冲出云团。

天空凝视大地，好似瞻礼神的奇迹。

我的心充满忧伤，因为它不曾知晓，启程的召唤来自何方。

我身后的世界里，泪雨的哀音消融于晴朗的静寂。微风捎来的召唤，可是我身后世界的低语？远方海洋的岛屿，沉醉在奇花竞放的夏日。微风捎来的召唤，可是那远海岛屿的气息？

二

集市已散，暮色阑珊，人们奔向各自的家园，

而我坐在路旁，看你驾着小船，

载着满帆的落晖，渡过幽暗的水面；

我看着你静默的身影，伫立在船舵近旁，突然
发现你的眼睛，正将我深深凝望；

我撇下我的歌，大声地呼唤你，渡我过河。

三

风渐起，我升起歌声的船帆，

舵手啊，请你把稳舵盘。

因为我的小船，渴望着摆脱羁绊，随风浪的韵
律翩跹。

白昼已尽，暮色苍然。

送行的友人，已经离开河岸，

解缆起锚吧，让我们在星光下行船。

渐起的风，奏起依稀的乐曲，正是我离去的
时间。

舵手啊，请你把稳舵盘。

四

我的主上啊，接纳我吧，暂且将我接纳。

容我忘却那些，没有你的孤苦时光。

容我将这个小小时刻，铺展在你膝头，举到你的灯下。

我曾追逐那些逗引我的声音，随它们流离浪荡，却不曾到达任何地方。

此刻容我安然坐定，在我灵魂的静默深处，听你说话。

别对我心底的黑暗隐秘掉头不顾，请你焚烧它们，让它们与你的火焰，一同辉煌。

五

远方暴雨遣发的探骑，在空中支起乌云帐子；天光暗淡，暗哑的林荫里，泪水濡湿空气。

我心里充满哀伤的宁谧，好似乐师奏响鲁特

琴❶之前，弦上那凝重的静寂。

我的世界屏住呼吸，静待你踏进我的生命，静待那随之而来的剧痛。

六

多亏你啊，我的爱人，多亏你送给我，你的痛苦之火。

因为我的香枝，不烧便不吐芳馨；我的灯盏，不点便不见光明。

若是我心智昏沉，你务必用你爱的闪电，惊破它的酣眠；而你爱的雷霆，会使遮蔽我世界的黑暗，像火炬一般，喷出熊熊烈焰。

七

我的主上啊，助我摆脱我自己的阴影，摆脱我往昔的凌乱残片。

抓紧我的手吧，因为夜色昏暗，朝觐你的人目不能见。

助我跃出绝望的深渊。

用你的火焰，点亮我悲伤凝成的冷寂灯盏。

唤醒我倦怠的力量，别让它昏睡酣眠。

别让我逡巡不前，数算我遗落的物件。

让道路伴着我前行的每一步，为我吟唱永恒的家园。

抓紧我的手吧，因为夜色昏暗，朝觐你的人目不能见。

八

我手里的提灯，把远处道路的黑暗，变成我的敌人。

近旁的路边景物，变成我可怕的噩梦；连那棵繁花满枝的树，也冲我横眉立目，像一个凶神恶煞的幽灵。我自己的足音，钻进我的耳鼓，变成疑虑

❶本集首次出版于 1918 年；"鲁特琴"原文为"lute"，是英文对多种形似吉他的乐器的通称，比如我国的琵琶。

重重的隐隐回声。

　　既是如此，我祈求你的曙光早早降临。到那时，远方和近处将会相互亲吻；生与死，将会在爱里合二为一。

九

　　当我得到你的拯救，你万千世界的浩荡征程，步履会更加轻盈。

　　当你为我的心，洗去斑斑污痕，它会使你的阳光，更加璀璨光明。

　　悲伤在万物的心里散播，因为我生命中的蓓蕾，尚未绽成华美花朵。

　　当你让我的灵魂，摆脱黑暗的围困，它会为你的笑容，添上曼妙的乐声。

一〇

　　你赐予我爱，你的礼物弥满世间。

　　你给我的礼物倾泻如雨，而我懵然不知，因为夜色昏暗，我的心正在酣眠。

但我虽然，迷失在幻梦的深渊，梦中也时时，感到喜悦的震颤。

我知道我会在破晓之时，在我心灵觉醒的刹那，向你献上一朵爱的小花，以此回报，来自你大千世界的珍宝。

一一

我的双眼，在守望里无眠；哪怕我不能与你相见，守望的滋味也是甘甜。

我的心躲进雨季的阴霾，等待着你的爱；哪怕你的爱与我无缘，希望的滋味也是甘甜。

人们各自上路，剩下我原地流连；哪怕我孑然无伴，能倾听你的脚步，那滋味也是甘甜。

大地织起秋雾的面网，它哀怨的容颜，唤醒我心底的渴望；哪怕这渴望只是徒然，能感受渴望的痛苦，那滋味也是甘甜。

一二

坚守你的信念吧，我的心，曙光终会来临。

应许的种子深埋地底，终将生根发芽。

睡梦好比蓓蕾，终将向光明绽放心花；无声的静默，终将不再喑哑。

不远的将来，你的负担会变成你的礼物，而你的苦难，会照亮你的道路。

一三

婚典在黄昏举行，其时鸟声唱彻，水上风停，洞房里铺开落霞的红毯，预备好永夜不熄的灯。

看不见的来者，走在无声夜幕的背后；我的心，在期待中瑟瑟颤抖。

歌声尽归沉寂，因为婚誓，将在昏星下宣读。

一四

黑夜里，喧声倦乏无力，大海的低吟盈满空气。

白日里流浪四方的欲求，纷纷回到家里，围着灯火休憩。

爱的嬉戏屏声敛息，化作肃穆顶礼；生命的溪水，与渊深大洋交汇；有形世界找到归宿，融入超越形体的美。

一五

在这酣眠的大地，在静止树叶之间，昏沉的空气里，是谁不曾睡去，独自警醒？悄寂的鸟巢里，花蕾的密室中，是谁不曾睡去，独自警醒？闪闪的夜星里，我生命苦痛的深处，是谁不曾睡去，独自警醒？

一六

黎明你来我门前唱歌，我恼你将我睡梦惊破，你在我的漠视中离去。

正午你来我门前讨水，我恨你打断我的工作，你在我的责骂中离去。

傍晚你来我门前，手中的火把腾起烈焰；我觉得你形容可怖，连忙把房门紧掩。

如今已是午夜，我独坐在无灯的房间，呼唤我侮慢斥逐的你，快快回还。

一七

请你从尘埃里，拾起我的生命。

放在你的目光里，放在你右手❶的掌心。

让它沐浴光明，让它藏身于死亡的阴影；把它收进夜晚的宝奁，与你的繁星为伴，再让它迎着朝阳，与礼神的繁花一同绽放。

一八

我知道，此生虽未在爱中臻于完满，却不是枉自徒然。

我知道，黎明凋谢的花朵，还有误入沙漠的河川，并不是枉自徒然。

我知道，所有那些步履沉重的事物，那些跟不上此世潮流的事物，都不是枉自徒然。

我知道，我尚未实现的梦想，还有我尚未奏响的乐章，与你的鲁特琴弦紧紧相连；这些乐章与梦想，也不是枉自徒然。

一九

在任性的春朝，你带着笛声和花朵，来到我的身边。

你搅得我心潮起伏，浪涌波翻，摇撼着爱的红莲。

你邀我踏出家门，随你走进生命的奥秘。

我却在五月密叶的窸窣声里，沉沉睡去。

我醒来的时候，天空乌云密布，枯叶随风飞舞。

我透过淅沥的雨声，听见你越来越近的足音，听见你唤我出门，随你走进死亡的奥秘。

---

❶这里的"右手"应该不是随机选择，因为印度人认为左手不洁，吃东西、送礼物都只能用右手。

我走到你的身旁，把手放进你的手掌；火在你眼里燃烧，水在你发间流淌。

二〇

暴雨如注，天昏地暗。

电光如怒，穿透破烂云幔。

森林像雄狮身陷牢笼，绝望地抖动鬃鬣。

这样的日子，这簌簌振翅的狂风里，容我在你的身边，觅得宁谧，

因为哀伤的天空，使我的孤寂更加浓重，使你拨动我心弦的抚弄，更加意味无穷。

二一

那天夜里，风暴破门之时，

我不曾知晓，你已踏过断壁残垣，走进我的房间，

因为风吹灯灭，屋子里漆黑一片；

我高举双臂，求苍天予我助力。

狂风在黑暗中嘶吼，我躺在尘土里等候，全然不知，风暴是你的旌旗。

黎明来时，我看见虚空笼盖我的屋宇，而你，在虚空里伫立。

二二

来的是毁灭者❶么？

因为泪水的海洋咆哮翻滚，掀起痛苦的狂澜。

血红的云团乘风狂奔，身后是挥鞭驱策的闪电；疯狂者的笑声，如雷霆响彻云天。

生命驾着战车，头戴死亡送上的冠冕。

把你所有的一切，拿出来供奉来者吧。

别把你的积蓄捂在胸前，别往你身后看。

把头俯到他的脚边，任长发拖曳尘间。

此刻就动身上路，再莫迟延。

因为风吹灯灭，家园凄清惨淡。

❶ "毁灭者"（Destroyer）是印度教主神湿婆的称号之一。

呼啸的暴风闯进家门，四壁摇摇将倾；你听见呼唤的声音，来自你无从想象的幽冥。

别怕得双手掩面，别枉自泪水潸潸；你闩门的锁链，已经砰然折断。

跑出你的家门，开始你的航程，奔向那悲喜终结的异境。

用你不顾一切的脚步，跳出恣肆的狂舞。

一路高歌："胜利属于死亡中的生命。"

新娘啊，接受你的命运吧！

披上你的红袍，随新郎的火炬之光穿越黑暗吧！

二三

当我给你伤害，便与你最是贴近，尽管我并不知情。

当我向你发起，必败无疑的抗争，不啻于最终认定，你是我的主人。

当我鼠窃狗偷，掠夺你的财富，仅仅是使我欠你的债务，变成沉重的包袱。

当我骄矜狂妄，在你的洪流中逆水搏浪，仅仅是使我的胸膛，领略你全部的力量。

当我存心反叛，吹灭我房里的灯盏，你的夜空亮起繁星点点，使我愕然惊叹。

二四

你是否化身为我的悲思，走进了我的心？既是如此，我更要把你抱紧。

黑暗的纱幂，遮蔽你的面影；既是如此，我更要把你看清。

你的手施放死亡的重拳，使我的生命腾起火焰。

泪水涌出我的双眼——就让它缭绕在你脚边，向你献上礼赞。

让我胸臆中的痛苦，向我声声诉说：你，依旧属于我。

二五

我曾四处闪躲，不让你抓到我。

既然你终于将我拿获，只管答罚我吧，看我可会畏缩。

就让这场游戏，石出水落。

你若是最终取胜，只管把我的一切，全部褫夺。

我曾在路边的草棚，侯王的殿阁，留下我的笑声与欢歌——既然你已经走进我的生命，只管害得我痛哭流涕吧，看你能不能，打碎我的心。

二六

当我在你的爱中醒来，安适的夜晚便不复存在。

你的朝阳，会用试炼之火点亮我的心；我会在荣耀受难❶的轨道，扬帆远行。

我将敢于迎接死亡的挑衅，无惧揶揄恐吓的重重围困，坚定地传播你的声音。

我将袒露我的胸膛，抗击你的儿女遭受的不义；我将勇敢地站在你的身旁，哪怕你茕茕孑立。

二七

我是盛夏里的疲惫大地，焦渴干裂，杳无生机。

我等待着你的夜雨，等待着敞开胸怀，默默接受你的赐予。

我渴望用花朵和歌声，回报你的馈赠。

可惜我囊橐空虚，只能让我心底的深深叹息，从枯草之下袅袅升起。

但我知道，你乐意等到清晨，等到我富饶丰盈的时分。

二八

来到我身边吧，像夏云一般，将甘霖洒遍诸天。

投下你华贵的身影，染浓群山的紫岚❷，催促倦怠的森林，摆开繁花的盛宴，唤醒道道山泉对远方的渴盼。

---

❶"荣耀受难"原文作"triumphant suffering"，是基督教的一个概念，指为正义的事业欣然忍受磨难，例见《新约·彼得前书》："为正义之故，受难也是有福，不要怕他人的恐吓，不要惊慌。"

❷在西方传统中，紫色是高贵的象征。

来到我身边吧，像夏云一般，用生机萌动的应许，用大地青葱的欢喜，拨动我的心弦。

二九

我和你，相遇在昼夜交会之地——在那里，光明惊起黑暗，黑暗遁入曙天；在那里，波涛将此岸的吻，捎给彼岸。

无底幽蓝的深处，传来一声金灿灿的召唤；泪眼朦胧的我，竭力凝望你的容颜，但我无从确知，是不是真的看见了你。

三〇

若是我与爱无缘，曙天的心扉，为何在歌声里破碎，南风为何将细语呢喃，散布在新叶之间？

若是我与爱无缘，午夜为何怀着繁星点点的痛苦，在静默中苦苦企盼？

我这颗痴傻的心，又为何不顾一切，让它的希望扬帆起航，驶入不见涯涘的汪洋？

三一

我收得的礼物，并不都在这纷纷尘世，还有一些，是在我的梦里。

永难触及的你，会掩住你的灯，悄悄走进我的梦境。

我会从黑暗中的抖颤，从万千杳渺世界的低吟，从未知海岸的气息，知晓你的来临。

我的心会在突然之间，融化成悲泪涟涟；我会借与之俱来的无限欢欣，知晓你的来临。

三二

爱人啊，我知道终有一日，你会赢得我的心。

你凝望的眼神，借由你的繁星，深入我的梦境。

你让你的月光，向我诉说你的衷曲；我沉吟不答，泪眼迷离。

簌簌叶间的闪烁晴空，牧笛悠悠的慵懒时辰，孑然心痛的雨暝黄昏，到处都是你，求爱的甜言蜜语。

三三

有人将一枝爱的花朵，悄悄放在我的手中。

有人偷去了我的心，又把它远远抛入天穹。

我不知我是否找到了他，是否仍在四处寻觅他的影踪，也不知这五内俱焚的感觉，是极乐还是剧痛。

三四

大雨横扫整个天穹。

迎着湿漉漉的狂风，素馨花尽情畅饮，它自己的芳馨。

雨夜的怀抱里，揣着一份隐秘的欢喜——是蒙着面幂的天空，欢喜它敛藏的繁星；是午夜的森林，欢喜它囤积的鸟鸣。

让我用这份欢喜，注满我的心；让我悄悄携着这份欢喜，度过白昼时辰。

三五

白天赶路之时，我觉得高枕无虞，一味地矜夸速度，漠视你风光奇丽的道路。你自己的日光，变成隔绝你我的屏障。

如今夜晚来临，我走在黑暗之中，走在弥满静夜的花香里，每一步都感觉到你的道路，就像听见灯灭之后，母亲对孩子的絮絮低语。

我紧抓住你的手；你的慰抚，陪伴我孤单的路途。

三六

我扬帆驶过黑夜，坐进生命的筵席；我端起黎明的金杯，杯子里斟满晨曦。

我放声高唱，满心欢喜。

我不知谁是筵席的主人，

也忘了询问他的名字。

正午时分，脚下尘土灼热，头顶烈日炎炎。

我口渴难忍，走到井边。

有人给我倒了杯水。

我一饮而尽。

我喜爱那红宝石的杯子，喜爱那甜如亲吻的井水，

却没有看见持杯的人，也忘了询问他的名字。

疲惫的黄昏，我寻觅归家的路径。

向导拿着灯盏走来，冲我招手示意。

我询问他的名字，

可我只看见他的灯火，划破满天的静寂，只觉得他的微笑，弥漫在黑暗里。

三七

时候已是夜晚，请不要离开我的身边。

穿越荒原的道路凄清黑暗，盘曲莫辨；

倦乏的大地冥然僵卧，像没有拐杖的盲者。

我仿佛为这一刻，等待了无穷岁月，等着点亮我的灯火，采撷我的花朵。

我已来到无涯大洋的边缘，正准备纵身一跃，让自我永远湮没。

三八

破晓前我得到你的爱抚，可我不觉不知。

这消息慢慢流过我的睡梦，流进我的觉知；我睁开双眼，眼里是惊喜的泪水。

天空仿佛盈满，轻柔的低语；我的肢体，沐浴在歌声里。

我的心俯伏顶礼，像露水压弯的花枝；我觉得我生命的洪流，正奔向永恒之地。

三九

我的屋子久无来客，门扉落锁，窗牖上闩。我以为我的夜晚，定然孤单无伴。

待我睁开双眼，却发现我屋里的黑暗，已经消失不见。

我起身跑到门边，门闩已悉数折断；你的风和光踏进敞开的屋门，挥舞它们的旗幡。

当我门扉紧掩，在自己的屋子里充当囚犯，我的心终日盘算，逃出去四处游玩。

如今我坐守破烂的屋门，静静等待你的来临。

你用我的自由，绑住了我的心。

四〇

我的心啊，把灯灭掉吧，灭掉你孤独夜晚的灯。

外间传来呼唤的声音，呼唤你打开房门，因为晨曦，已经洒遍天宇。

我的心啊，把你的鲁特琴撂在墙角吧，撂下你孤独生命的鲁特琴。

外间传来呼唤的声音，呼唤你静静走出家门，因为清晨正在唱，你自己的歌曲。

四一

今天清晨，我收到你催开的第一枝花朵，还听见你的曙光，调弦的依稀声响。

我是一只蜜蜂，沉醉在你金色黎明的心房。

我的翅膀沾满花粉，熠熠生光。

我在你四月的歌筵里，觅得一席之地；我只是轻轻弹唱，便挣脱所有桎梏，正如你的曙光，在乐声中冲破朝雾。

四二

让我自由，自由得像野鸟，漂泊在看不见的蹊径。

让我自由，自由得像豪雨，像抖落锁链奔赴未知的狂风。

让我自由，自由得像林火，像大笑着挑战黑暗的雷霆。

四三

我在墙角的暗影里酣眠，没听见你的呼唤。

你亲手将我打醒，打得我泪水涟涟。

我瞿然跳起，只见朝日高悬，潮水携来大海的

呼唤，我的船儿已准备停当，要去舞动的涛浪里
翩跹。

四四

欢庆吧！

黑夜的桎梏土崩瓦解，幻梦烟消云散。

你的真理扯去重重面幂，黎明的蓓蕾张开花
瓣；沉睡的人啊，醒来吧！

曙光的问候，从东天漫向西天。

胜利的颂歌，高扬在倾圮牢狱的残垣！

四五

此刻我看见，你端坐在晨光织就的金毯。

旭日闪耀在你的冠冕，群星匍匐在你的脚边，
礼拜你的人群来来去去，诗人却独坐一隅，默默
无言。

四六

秋日清晨，客人来到我的家门。

我的心啊，唱吧，唱出你迎客的欢欣！

用你的歌，叙说阳光灿烂的碧空，叙说露水浸润的晨风，叙说黄金堆垒的丰收田垄，叙说喧闹流水的朗朗笑声。

要不就在他的面前，伫立少顷，静静地凝望他的面影；

然后走出你的家门，默默地随他远行。

四七

我住在大路的阴面，眼看着对门邻居的花园，在阳光里夸妍斗艳。

我自叹贫窭，饥渴驱使我挨门行乞。

他们越是向我信手施舍，他们的丰殷财产，我便越是觉得，我行乞的破碗寒碜刺眼。

一天早晨，我的家门突然敞开，将我从睡梦中惊起，你踏进门来，向我讨要布施。

我绝望地砸开箱盖，这才惊异地看见，自家的
富厚财产。

四八

他一直等在你的门外，像生命盛宴上的乞丐；
你已用死亡为他加冕，拥他入怀。

你抬起赐福的右手，嘉许他的挫败；用宁谧的
亲吻，消弭生命的狂乱渴求。

你使他与历代的王者，与睿智的往世，融为
一体。

四九

我把我的心，遗落在尘土飞扬的世路，你却将
它拾起，托在你的手里。

我追寻欢喜，得来的是伤悲；你给我的伤悲，
却变成我生命中的欢喜。

我的欲求片片破碎，零落四隅，你却聚拢碎
片，将它们串在你的爱里。

我漂泊不停，转徙在万户千门；踏出的每一步，却都在走向你的门庭。

五〇

当我身在旅途，我与众人为伴；

旅途终结之处，我却蓦然发现，只有你在我身边。

不知是在何时，我的白昼没入暮霭，旅伴也悉数离开。

不知是在何时，你的门扉次第开启，而我伫立门前，惊讶地听见自己的心曲。

寝床铺就，灯火点起，你我终得单独相聚，但我的眼里，是否依然留有泪迹？

五一

人们纷纷走来，围着我大呼小叫，所以我看不见你。

我想先应酬他们，最后才向你献礼。

如今白日将尽，人们拿上礼物离去，留下我独自一人。

这时我看见，你站在我的门边。

可我的礼物已经送完，我只好把空空的两手，举到你的面前。

五二

你予我贶遗丰厚，

我却有更多索求——

我来找你，不光想要暂时解渴的泉水，还想要源源不竭的泉流；

不光想要通往主上门廊的路径，还想要跨进主上殿堂的指引；

不光想要爱的馈赠，还想要爱人本身。

五三

一日之初，我来领受你的祝福。

让你的目光，在我眼里停留片刻。

朋友啊，让我携着你友情的允诺，安然投入劳作。

让你的歌，灌满我心灵的水囊，让它支撑我，穿越嚣叫的沙漠！

让你爱的阳光，亲吻我思想的山峰，让它盘桓在我生命的谷地，使谷中禾黍丰登。

五四

请站在我的眼前，用你如电的流昒，将我的歌曲引燃。

请站在你的群星之间，让我在璀璨的星光里，看到我自己的敬信火焰。

大地静候在世界的路边；

请站上她铺在你路途的绿毯，让我在她的百草千花里，感受我自己的匍匐礼赞。

请站进我寂寞的夜晚，探看我孑然守望的心；请注满我心的孤独杯盏，让我在自己的心里，感受你爱的无限。

五五

让你的爱，借我的声音奏乐，借我的沉默休憩。

让它流过我的心，注入我的一举一动。

让你的爱化作繁星，照亮我黑暗的睡梦，伴我迎来甦醒的晨曦。

让它在我的渴望火焰中燃烧，在我的爱意泉流里奔涌。

让我以生命承载你的爱，像竖琴承载乐声，最终又把你的爱，连同我的生命，交还给你。

五六

我的君王啊，你隐没在你自己的荣耀里。

沙粒与露珠，都比你气派十足，都比你引人注目。

厚颜的世界，自称拥有你的万物——它如此大言不惭，却从未蒙羞受辱。

你默然站在一旁，为我们让出地方；正因如此，爱才会点起灯盏，为你寻寻觅觅，才会自觉自愿，向你膜拜顶礼。

五七

　　我从欢宴的华堂回到家里；午夜的咒语，遏止我血液中的舞曲。

　　我的心立刻屏声绝响，像灯灭人散的剧场。

　　我的思绪穿过黑暗，伫立在群星之间；我看见抛却烦忧的我们，嬉游在我王的静寂宫院。

五八

　　昨夜我凝神追忆，纵情挥霍的往昔，仿佛听见你对我说——

　　"奔放无忧的青春年岁，你敞开家里的道道门扉。

　　"世界在你家里自由来去，带着它的尘土，它的疑虑，它的紊乱，它的韵律。

　　"我随着闹哄哄的人群，一再来到你的身边，不曾受你邀请，不曾被你发现。

"那时你若是紧掩房门，明智地选择隐遁，我哪还能够找到，登堂入室的路径？"

五九

要为你腾个位置，用不着推开任何人。

爱为你铺设的坐席，容得下芸芸众生。

尘世君王出巡，卫士便驱赶百姓；我的君王啊，当你降临之时，全世界随你前行。

六〇

唱着晨曲，他叩响我们的房门，带来朝阳的问讯。

我们随他动身，把牛群赶进草地，在树荫里吹响牧笛。

我们与他失散，又在熙攘的集市，一再看见他的身姿。

昼日的繁忙时分，我们会突然瞥见他，坐在路旁的草丛里。

我们随他的鼓点昂首阔步，

我们随他的歌声翩翩起舞。

我们押上自己的悲喜，在他的赌局中奋战到底。

他为我们的船儿掌舵；

我们跟随他，在惊涛骇浪里颠簸。

日暮时我们点亮灯火，静静等待，为的是迎接他的到来。

六一

在他与百工偕作之地，跑到他的身边，与他并肩苦干。

在他游戏消遣之地，坐到他的周围，做他的搭档玩伴。

在他征战的路途，踏着他的鼓点，追随他的脚步。

冲进生与死的市集，摩肩接踵之地，

因为他就在喧扰市集的中央，与众人一起。

当你翻越荒阒山岭，脚下荆棘丛生，你不用胆战心惊，因为他的召唤，与你如影随形，我们都知道，那是爱的呼声。

六二

清晨时分，你的庙宇响起钟声，善男信女拿着供奉你的鲜花，快步穿过林间小径。

我顾自躺在树荫下的草地，任由他们匆匆前行。

我觉得偷闲也是无妨，因为我的花儿含苞未放。

白昼将尽，我的花儿终于盛开，于是我走向你的庙宇，去做晚间的礼拜。

六三

我王的道路，静静地躺在我的门前，使得我的心，充满企盼。

它向我伸出招引的手臂，默默呼唤我走出家门；它的亲吻步步追随我的双脚，对我发出无声的求恳。

我不知它会把我引向，怎样的沉溺迷狂，怎样的意外收获，怎样的未卜灾殃。

我不知它的千回百转，到哪里才是终点——

但我王的道路，静静地躺在我的门前，使得我的心，充满企盼。

六四

白昼将尽，我走到我王的家门，路上的旅人，纷纷向我发问——

"你为我王，备办了怎样的贡品？"

我没有东西可供展示，也没有话可说，因为我身无一物，只有这一支歌。

我的家里，备有无数财货，债权既是不少，债主也是众多。

当我来到我王的家门，手里却只有这一支，供他编结花环的歌。

六五

我的歌曲，一如春天的花朵，全都是你的赐予。

我却把我的歌曲，当成我自己的赠礼，敬献给你。

你微笑着收下礼物，又为我的洋洋得意，心中欢喜。

若是我歌曲的花朵不禁风雨，零落成泥，我绝不痛心惋惜。

因为在你的手里，消逝并不是损失；在你的花环上，短暂的如花时刻永留不去，鲜艳如昔。

六六

我的君王啊，你吩咐我站在路旁，将我的长笛吹响，好让那些背负喑哑生命的倦客，暂且放下各自的奔忙，坐到你宫门游廊的前方，惊奇叹赏，好让他们重新看见亘古依然的事物，重新找到从未离身的宝藏，好让他们齐声宣布："花儿在开放，鸟儿在歌唱。"

六七

当我的歌曲呱呱坠地，醒觉在我的心间，我以为它们，全都是朝花的游伴。

当我的歌曲扇动翅膀，飞进那荒野茫茫，我觉得它们有夏日的性情，要携着乍起的惊雷从天而降，在笑声中抛掷所有家当。

我以为它们和风暴一样，满怀着疯狂的渴望，要冲到日落国度之外，迷失自己的方向。

如今我借着薄暮的天光，看到那蓝蓝的岸线，才知道我的歌曲是船，载着我渡过汹涌的大洋，安然驶入彼岸的港湾。

六八

请允许我，为你鲁特琴的无数弦索，添上我自己的一根。

当你振动你的琴弦，我的心就会打破沉默，我的生命，会融进你的歌声。

请允许我，在你数不清的星辰之间，摆上我小小的灯盏。

当万千灯火在你的节日欢舞，我的心就会怦怦跳动，我的生命，会融进你的笑容。

六九

愿我的歌，素朴如清晨的悠悠醒觉，如叶露的轻轻滴落。

愿我的歌，素朴如云霞的缤纷五色，如午夜的阵雨滂沱。

可惜我的鲁特琴，刚刚才把琴弦安上，它迸出一个个尖利的音符，像一柄柄新磨的投枪。

所以我这些音符，偏离风儿的轻灵，刺破天空的明净；所以我紧绷绷的曲调，竭力地挣扎反抗，想推开你的乐章。

七〇

我曾在生命的舞榭，看见你弹奏乐曲；你曾借倏然满枝的春叶，以笑声向我致意；我曾躺在开满鲜花的原野，听见草丛中你的低语。

孩子是你的信使，把希望捎到我的家里；我家中的女人，带来你爱的旋律。

如今我等在海隅，等着在死亡中感受你，等着在夜空繁星的歌声里，再次听见生命的叠句。

七一

我想到我的童年，那时的朝曦像我的玩伴，携着清晨的惊喜，天天冲到我的床边；对于奇迹的信仰，像鲜花在我心里天天绽放，怀着无邪的喜悦，端详世界的模样；那时的虫豸鸟兽，寻常稂莠，青青的草地，天上的云霓，全都在向我展现，各自最神奇的魅力；黑夜里淅沥的雨声，从仙境捎来美梦，黄昏时母亲的絮语，揭示群星的奥秘。

随后我想到死亡，想到崭新的清晨，在幕启之时款款来临，用爱的崭新惊喜，唤醒我的生命。

七二

当我的心，还没有向你献上爱的亲吻，世界啊，你的光明便欠缺完满的辉煌，而你的天空也点起灯盏，在长夜里苦苦守望。

我的心携着歌曲，走到你的身旁，与你喁喁对语，将花环戴在你的颈项。

我知道她对你有所赠予，你会把她的馈贶，与你的繁星一同珍藏。

七三

黎明时分，你将你的座席给我，容我在你的窗边就坐。

你的哑仆在路上奔忙，我曾向他们倾诉衷肠；你的唱诗班在天上飞翔，我曾与他们同唱。

我曾见海洋波澜不惊，守着它浩瀚无垠的静寂，也曾见海洋兴风作浪，竭力撬开它自己深藏的秘密。

我曾见大地青春洋溢，铺排豪奢宴席，也曾见大地疲沓萎靡，载满凝重阴翳。

下田播种的农夫，曾听见我的问讯；空手或满载的归人，曾邂逅我的歌声。

如是这般，我的昼日走到终点，于是我迎着暮色，唱起我最后的歌，用歌声向你诉说，我爱过你的世界。

七四

你的差遣，落到我的肩头，要我做你的歌手。

我用我的歌，替你春天的花朵倾诉衷曲，替你窸窣的树叶增添韵律。

我的歌声，飘进你夜晚的静寂，飘进你黎明的宁谧。

初夏喜雨的震颤，金秋稻浪的翻滚，涌入我的歌声。

主上啊，当最后的时刻来临，当你撞开我的心扉，踏进我的家门，请别让我的歌声，就此停顿，请让它轰然爆发，化作对你的盛大欢迎。

七五

我生命中的客人啊，

你们次第光临，或是在夜晚，或是在黎明。

春花朵朵，或是夏雨阵阵，为你们通名报姓。

你们或是送来竖琴，或是将明灯，带进我的家门。

你们告辞之后，我看见我家的地板，留有神的足印。

如今我朝觐的旅程，已到终结时分；我用晚祷供奉的鲜花，向你们所有人致敬。

七六

我恍惚看见你的容颜，于是在黑暗中解缆放船。

到如今，晨曦露出笑脸，春花争妍斗艳。

然而，就算是天光晦暗，花朵凋残，我也要继续向前。

当你发出无声的召唤，世界正在酣眠，黑暗荒芜，不见一缕光线。

　　到如今，钟声喧阗，黄金堆满我的小船。

　　然而，就算是钟声消散，舱空无物，我也要继续向前。

　　有些船已经驶到远处，有些船尚未准备周全，可我绝不会原地逗留，落在后面。

　　风满船帆，鸟儿捎来彼岸的呼唤。

　　然而，就算是风停帆落，彼岸杳然，我也要继续向前。

七七

　　"旅人啊，你要去哪里？"

　　"我要去海里洗浴，迎着红霞渐炽的黎明，沿着绿树成行的小径。"

　　"旅人啊，你说的海在哪里？"

　　"在这条河的尽头，黎明在那里绽成清晨，白昼在那里沉入黄昏。"

　　"旅人啊，多少人与你同行？"

"我怎么数也数不清，

"他们点着灯匆匆赶路，整夜不停；他们唱着歌跋山涉水，整日兼程。"

"旅人啊，海有多远？"

"我们都在探听海的远近。

"每当我们鸦雀无声，便听见海水咆哮轰鸣，接天入云。

"海总像是近在咫尺，又像是渺远难寻。"

"旅人啊，日头越来越高，越来越毒。"

"是啊，我们的道路漫长艰辛。

"我们歌唱，振作疲惫精神；我们歌唱，鼓舞畏怯心灵。"

"旅人啊，若是夜幕降落，你们如何安身？"

"我们躺下安寝，直至新的黎明，与歌声一道来临，直至天空里飘来，海的呼声。"

七八

同路的旅伴啊，

请容我向你献上，旅人的致敬。

主上啊，你主宰我破碎的心，主宰告别与失
落，主宰黄昏时分，灰暗苍茫的寂静，

请容我向你献上，倾圮家园的致敬！

新生黎明的曙光啊，永恒昼日的太阳，

请容我向你献上，不死希望的致敬！

我的向导啊，

我脚步不停，旅途漫漫无尽，请容我向你献
上，漂泊者的致敬。